Annemarie Nikolaus: Verjährt

ANNEMARIE NIKOLAUS

VERJÄHRT

INHALT

Die zwölfte Nacht

Treganna, Cornwall, Weihnachtsabend 1072

Ein mächtiger Sturm toste um die Große Halle von Treganna und übertönte wieder und wieder den Lärm der feiernden Dienstboten des Schlosses. Manch einem blieb dann das Lachen im Halse stecken; andere bekreuzigten sich und blickten erschreckt umher. Die Hunde, die sich an anderen Tagen um die Knochen balgten, lagen friedlich unter den Tischen und machten nur mit einem gelegentlichen Winseln auf sich aufmerksam.

Das Feuer in den beiden mächtigen Kaminen hatte Mühe, sich gegen den stetigen Druck des Windes zu behaupten. Rauch trieb bis hinüber zu dem Hohen Tisch, an dem Sir Geoffroi, der neue Herr von Treganna Castle, mit seiner Familie saß.

Der kleine Amis, sein Sohn, hustete, als er den Rauch einatmete. Als er immer angestrengter um Luft rang, klopfte Caitlin ihm auf den Rücken und hielt ihm dann einen Becher Wasser hin.

Sorge stand in ihren Augen und sie lächelte mitleidig. »Trink; dann geht es dir gleich besser.« Hoffentlich erstickte er daran. Wie sie ihn hasste, ihren Stiefbruder; mehr noch als den Normannen, der ihre Mutter zur Ehe gezwungen hatte.

Mochte Gott verhüten, dass diesem Schwächling eines Tages Treganna zufiel, das doch ihr Erbe war.

Amis überlief ein Schauer, als der Sturm plötzlich eine Tonlage höher pfiff.

»Frierst du?« Sir Geoffroi wickelte ihn fester in seinen warmen Plaid.

»Nein, Vater. Ich habe mich erschrocken.«

»Vor dem bisschen Wind?« Sir Geoffroi klang nun doch ein wenig ungehalten. »So nahe am Meer hat er mehr Kraft, als du es von ... Zuhause ... gewohnt bist.«

»Nay, Mylord.« Wieder setzte Caitlin ein sorgenvolles Gesicht auf. »Das ist nicht der Sturm, der da draußen singt. Das sind ...« Sie ließ ihre Stimme verklingen.

Amis wurde bleich und starrte sie aus weit aufgerissenen Augen an.

»Caitlin! Du wirst diesem Aberglauben keine Nahrung geben.«

»Wie könnt Ihr das sagen, Mylord! Was wisst Ihr von unserem Land!« Caitlin sprang empört auf und ließ sich auch nicht vom zornigen Ruf ihrer Mutter zurückhalten.

Nicht lange darauf kam Amis in Caitlins Schlafzimmer. »Schwester, was ist es, was du mir nicht sagen darfst?«

Caitlin verdrehte die Augen über die verhasste Anrede. »Was wohl? Dein Vater will nicht, dass ich dir erzähle, was du von ihm nicht erfahren kannst.« Sie winkte ihn näher ans Feuer und senkte die Stimme. »Wind, ja; so kann man es wohl nennen. Aber er kommt nicht vom Meer. Es ist die Wilde Jagd, die in den Nächten bis Epiphania ihre Rache sucht.«

Der Junge räusperte sich und versuchte, seiner Stimme einen tieferen, erwachsenen Klang zu geben. »Caitlin, das ist wirklich ein Aberglaube.«

Sie zog ihn neben sich auf die Fensterbank und wisperte: »Hast du nicht die Furcht in den Gesichtern der Dienstboten gesehen?« Caitlin unterdrückte ein triumphierendes Lächeln, als der Blick des Jungen unsicher zu flackern begann. »Aber du brauchst dich nicht zu ängstigen. Du bist doch nur ein kleiner Junge. Du kannst nichts für das, was geschehen ist.«

Amis fuhr empört hoch.

»Es sind unsere erschlagenen Krieger.« Caitlin lächelte. »Und mein Vater führt sie. Ihr habt unser Land gestohlen. Und seine Frau.«

»Aber du sollst dich nicht fürchten müssen.« Sie stand auf und öffnete ihre Truhe. »Darum gebe ich dir mein Geschenk schon heute.« Sie hielt ihm ein rotes Band entgegen, an dem eine Gemme aus einem dunklen Stein hing.

Amis streckte die Hand aus. »Was ist das?«

»Ein Schutz, mächtiger als das Kreuz der Christen.« Caitlin legte ihm das Amulett in die Hand.

»Noch ein Aberglaube.« Lächelnd schüttelte er den Kopf, doch seine Stimme bebte vor Furcht. »Aber es ist hübsch. – Ich werde es tragen, weil es ein Geschenk von dir ist.«

Das Wetter wurde selten besser in den nächsten Tagen. Amis schlich furchtsam umher. Einmal zeigte Caitlin ihm ein von Spuren verwüstetes Schneefeld vor dem Schloss und der Junge begann, unbeherrscht zu zittern und nach Atem zu ringen. Hastig griff er nach Caitlins Amulett um seinen Hals.

»Was hast du da?«, fuhr Sir Geoffroi ihn an.

Amis' Blick ging hilfesuchend zu Caitlin. »Das …« Er räusperte sich nervös. »Es ist bloß ein Geschenk von Caitlin.« Seine Augen flehten sie an, den Mund zu halten.

Caitlin aber strahlte Sir Geoffroi an, als sei alles in bester

Ordnung. »Euer Sohn hat begriffen, was in unserem Land zählt, Mylord.«

»Was zählt?« Sir Geoffroi hob die Reitpeitsche »Ich werde dich lehren, was zählt!« Er schlug Caitlin quer über die Brust.

Der Schmerz trieb ihr die Tränen in die Augen, aber sie presste die Lippen zusammen und reckte stolz den Kopf. Der Triumph, dass Sir Geoffroi Amis gleich darauf das Amulett vom Hals riss, war alle Pein wert.

Ein anderes Mal fanden Caitlin und Amis Hufspuren am Strand, die sich auf dem felsigen Grund unterhalb einer Höhle in den Klippen verloren. Caitlin nickte Amis bedeutsam zu und beobachtete unter gesenkten Augenlidern, wie er erbleichte, als sie vorschlug, die Höhle zu erforschen. Als sie nach seiner Weigerung allein gehen wollte, klammerte er sich entsetzt an sie und flehte, ihn nicht zurückzulassen. Interessiert beobachtete sie, dass er hektisch atmete und kaum Luft zu bekommen schien. Hieß es nicht, man könne vor Angst sterben?

Der Abend vor Epiphania brachte zum Schneesturm eine Springflut, die die Ställe in der Bucht bedrohte, wo Tregannas Zuchtpferde überwinterten. Sir Geoffroi hieß Amis, den Knechten bei der Bergung der Pferde zu helfen; Caitlin bot sich freiwillig an. Um die Tiere vor dem Unwetter zu schützen, wurden sie in die höher gelegenen Höhlen in den Klippen gebracht.

Später in der Dämmerung führte Caitlin Amis abseits von den anderen, wo sie angeblich von einer weiteren Höhle wusste. Der Weg ging ein Stück über den Kamm der Klippe. Als sie den Windschatten verließen, fegte ihnen in dem pfeifenden Sturm etwas Mächtiges entgegen, unkenntlich im dichten Schneetreiben. Mit einem Aufschrei ließ Amis sein Pferd los und rannte davon. Auf dem Hang hinunter zum Meer stürzte er und überschlug sich mehrfach, bevor er sich an einem Felsvorsprung halten konnte.

Gleich darauf kniete Caitlin neben ihm und half ihm, sich hinzusetzen.

Amis keuchte stoßweise. »Was ... was war das?«

»Was da eben auf uns zu kam?« Büsche waren das gewesen, die der Wind losgerissen hatte; für Caitlin ein vertrauter Anblick. Doch sie machte ein besorgtes Gesicht. »Habe ich dir nicht gesagt, dass sich unsere gemordeten Krieger rächen werden? Heute – dies ist ihre Nacht oder sie müssen ein weiteres Jahr warten.«

Amis' Augen weiteten sich vor Entsetzen.

Es gab ein Geräusch über ihnen; dann schlugen Steine neben ihnen auf und rollten weiter hinunter.

»Dort oben ist jemand«, stammelte Amis mit bleichen Lippen. In seiner Angst schien er vergessen zu haben, dass sie ihre Pferde auf dem Kamm zurückgelassen hatten.

Caitlin nickte. »Ich höre Hufschlag. Reiter.«

Amis röchelte und griff sich an die Brust. Sein Blick brach.

»Treganna ist mein!« Verächtlich blickte Caitlin auf das tote Kind.

***

Historische Notiz:

Die Schlacht von Hastings 1066, die als Datum der Eroberung Englands durch die Normannen gilt, war eigentlich eine Schlacht um die Erbfolge zwischen einem normannischen Nachkommen aus der Familie des Angelsachsen Aethelred und einem norwegischen Enkel des dänischen Königs Knut des Großen, die beide England regiert und nacheinander dieselbe Ehefrau gehabt hatten.

Der siegreiche Normanne Guillaume le Conquérant (Wilhelm I.) stülpte England die Kultur und das Lehnsystem der Normannen über und eine kleine normannische Oberschicht ersetzte den eingesessenen Adel fast vollständig: Die Angelsachsen hatten damit handfeste Gründe für ihren Hass.

England war im 9. Jahrhundert christianisiert worden. Aber viele Jahrzehnte lang lebte der alte Glaube neben dem Christentum weiter, besonders machtvoll in den keltisch geprägten Landstrichen.

Fromme Gaben

Ebersbach, 1754

Hildegard lugte durch ein Loch in der Bespannung des Karrens: Wald, nichts als Wald. Immer noch. Eine Landschaft in Schwarz und Weiß. Die Äste bogen sich schwer unter ihrer Last. Die verharschte Schneedecke brach knirschend unter den Rädern, während sich der Gaul seinen Weg auf dem kaum sichtbaren Pfad suchte. Immer wieder schnaubte er nervös und es schien, als wolle er stehen bleiben.

Zähneklappernd kroch Hildegard neben ihrer Schwester Margarethe unter eine zerschlissene Pferdedecke.

»He, so wirst du ganz strubbelig!« Margarethe hieb ihr mit der Flöte auf den Kopf. »Ich habe keine Zeit, dir die Haare noch mal zu richten, wenn wir in Ebersbach ankommen.«

Hildegard schob sich an der Karrenwand hoch. »Für heute ist es zu spät, um auf dem Markt aufzuspielen. Wenn wir heute überhaupt noch ankommen. Merkst du nicht, dass der Braune lahmt?«

»Mädel, streitet euch nicht schon wieder!« Christian, ihr großer Bruder auf dem Kutschbock, schwenkte ungeduldig die Pferdepeitsche hin und her.

Hildegard schob Jakob, den jüngsten der Geschwister, beiseite und nahm neben Christian Platz. Sie schmiegte sich an ihn. »Kaufst du mir neue Schellen?«

Christian nahm die Zügel in eine Hand und strich ihr mit der anderen über die dunklen Locken. »Willst du tanzen, meine Schöne, oder willst du essen?«

»Morgen ist Weihnachten!« Hildegard zog einen Flunsch. »Jeder von uns sollte etwas geschenkt bekommen. Und je besser ich tanze, um so schneller habe ich auch das Geld für eine Heiratserlaubnis beisammen.«

»Aber zuerst bin ich dran«, rief Margarethe dazwischen. »Ich wüsste einen, der mich ehrlich machen tät. Dass ich zupacken kann, zählt mehr als dein hübsches Gesicht.«

Hildegard drehte sich zu ihr um und verzog die Lippen zu einem spöttischen Lächeln. »Einer mit einem ehrlichen Gewerbe freit keine Fahrende.«

»Ich habe gehört, im Badischen haben sie den Unterschied abgeschafft«, tat Christian kund. »Nicht bloß Schäfer und Töpfer, sogar Abdecker und die Gerichtsdiener sollen dort jetzt ehrliche Leute sein.«

»Und die Welschen und die Jenischen?«, wollte Margarethe wissen.

»Wenn du ein Geld hast!« Er zuckte die Achseln. »Die haben sich das Bürgerrecht doch schon immer kaufen können.«

Hildegard schüttelte verwundert den Kopf. Seit wann interessierte sich Margarethe für mehr als ihre Flöten und fesche Männer? »Willst du dich am Ende gar hinter Stadtmauern verkriechen, Gretl? Dass ich nicht lache.«

»Ihr sollt nicht immer streiten!« Mit dem Ellenbogen gab Christian Hildegard einen heftigen Stoß in die Seite.

Vor dem nächsten Anstieg brachte er dann den Karren zum Halten. »Besser, ihr steigt aus und geht den Raichberg zu Fuß hoch.«

Margarethe maulte, aber Hildegard war zufrieden, ein Stück zu laufen, und sprang vom Karren. Mit einer Hand hob sie ihre Röcke, mit der anderen fasste sie den Braunen am Kopfzeug. In der kalten Luft vereinigte sich ihr Atem mit dem des Pferdes zu einer Dunstwolke, als sie mit weit ausholenden Schritten durch den hohen Schnee stapfte.

Der Raichberg war kaum mehr als ein Hügel und bald hatte sie die Kuppe erreicht.

Talwärts glitzerte die weiße Fläche des abgeholzten Hangs in der untergehenden Sonne, unberührt bis auf die Spuren, die das Niederwild hinterlassen hatte. Der Blick war frei bis hinunter zur Fils, auf der mächtige Eisbrocken trieben. Dahinter ragte die schneebedeckte Turmspitze der Veitskirche zwischen den Häusergiebeln empor.

Hildegard hob den Arm vors Gesicht, um ihre Augen gegen die Abendsonne abzuschirmen, und verfolgte das Treiben an der Brücke. Die Stadtwache zog eben an der Brücke auf und schloss am jenseitigen Ende den Schlagbaum hinter den Bauern und Markthändlern, die die Stadt verließen.

Selbst, wer nur auf den Markt vor der Stadt wollte, bräuchte jetzt einen Pass. Sie seufzte. Damit war die Gelegenheit dahin, ein paar Kreutzer zu verdienen, um ihren Geschwistern Weihnachtsgeschenke zu kaufen. Den nächsten Markt gab es erst in Tagen. Christian brauchte so dringend ein neues Wams und Margarethe ein Schultertuch, das die durchscheinenden Ellenbogen an ihrem Kleid verdeckte. Und Jakob – er wuchs viel zu schnell. Hildegard seufzte noch einmal und wandte sich dem Karren zu.

»Du hattest recht«, befand Margarethe, als sie schließlich ebenfalls die Bergkuppe erklommen hatte. »Wir sind zu spät. Wieder ein Abend, an dem es nur Wurzelsuppe gibt.«

Hildegard zuckte die Schultern, nahm Jakob an der Hand und stapfte mit ihm das Schneefeld hinunter, den heimwärts ziehenden Bauern entgegen.

»Flenn«, befahl sie ihm, während er neben ihr bergab stolperte.

»Ich kann nicht! Und lauf nicht so schnell«, jammerte er.

»So!« Sie schubste ihn in den Schnee und da er immer noch nicht weinte, schlug sie ihm kurzerhand ins Gesicht.

»Hilde!«, heulte er auf.

Als sie an der Straße ankamen, war Jakobs Gesicht rotz- und tränenverschmiert und er schluchzte vor sich hin. Hildegard löste das warme rote Tuch, das ihren Hals und den Ansatz ihrer Brüste verdeckte, und schlang es um die Taille.

Sie musterte die Wagen und taxierte die Pferde, die sie zogen. Dem fünften schließlich, auf dem ein Bauer in mittleren Jahren saß, stellte sie sich in den Weg; den Arm liebevoll um den weinenden Jakob gelegt.

»Herr, mein Bruder hungert«, sprach sie mit leiser Stimme. Sie versank in einem tiefen Knicks, damit sie dem Mann einen großzügigen Blick auf ihre Blöße gewähren konnte. »Hat Er vielleicht ein Stück Brot für ihn?«

Der Bauer leckte sich über die Lippen, während er sie betrachtete, und kratzte sich dann am Kopf. »Nein«, sagte er schließlich.

Hildegard, die ihn unverwandt ansah, ließ Tränen in ihren Augen schimmern.

»Nicht weinen, schönes Kind.« Er zog seinen Beutel aus dem Wams und begann darin zu kramen. Hildegard sah es zwischen den Fingern blinken und warf ihrem Bruder einen verstohlenen Blick zu. Jakob heulte lauter und ging näher. Der Bauer sah auf und reichte dem Jungen einen halben Kreutzer. »Hier; damit kannst du dich morgen satt essen.«

»Der Herrgott segne Ihn.« Hildegard knickste erneut und trat so dicht an ihn heran, dass ihre Hüfte sein Bein berührte. »Ich dank Ihm, Herr, dass er uns ein Weihnachten beschert.« Ihre Augen blitzten und ein Lächeln vertiefte die Grübchen in ihrem Gesicht.

Der Bauer streckte die Hand aus und streichelte mit rauen Fingern ihre frostgerötete Wange. Dann wandte er sich nach hinten und öffnete eine der Kisten, die auf dem Fuhrwerk gestapelt waren. Er nahm zwei Eier und eine Hartwurst heraus und gab sie Hildegard. »Damit ihr nicht hungrig schlafen geht.« Er lächelte ihr zu und trieb sein Pferd an.

Jakob zupfte sie am Rock.

»Still!« Sie zog ihn von der Straße fort. Nach einigen Schritten bergauf drehte sie sich noch einmal um und schaute dem Bauern hinterher. »Lauf!«

Vor dem Karren auf dem Raichberg brannte schon ein Feuer; Margarethe füllte den Suppenkessel mit Schnee.

Während die Glocken der Veitskirche zu ihnen hoch klangen, legte Hildegard ihr die beiden Eier und die Wurst in den Schoß.

»Immerhin.« Margarethe nickte anerkennend.

»Wir haben noch mehr!« Mit strahlenden Augen zog Jakob den halben Kreutzer aus der Tasche.

Hildegard feuchtete ihr rotes Tuch mit dem Schnee an. »Wir kommen besser nicht mit, wenn ihr morgen in die Stadt geht.« Behutsam wischte sie Jakob den Schmutz aus dem Gesicht.

Christian feixte. »Ich dachte, du wolltest dir einen Liebsten suchen?«

»Ich find schon einen, wenn ich einen brauch'.« Hildegard wiederholte Jakobs Worte: »Wir haben noch mehr!«

Sie griff in ihre Rocktasche und holte den Beutel des Bauern hervor. »Gesegnete Weihnachten.«

***

Historische Notiz:

Die Städteordnungen der Frühen Neuzeit und das Zunftwesen zeichneten sich durch ein gut entwickeltes Sozialsystem aus. Doch die Armenfürsorge galt nur dem Schutz und der Versorgung der eigenen Bürger und ihrer Witwen und Waisen. Das Zunftwesen überdies war einerseits zwar darauf ausgerichtet, die Qualität der Handwerksarbeit zu gewährleisten, andererseits aber hatte es den Zweck, Konkurrenten fernzuhalten.

Wer etwas zu bieten hatte, konnte sich freilich in einer Stadt niederlassen. Oder einheiraten. »Fahrende« - und das waren nicht nur die Zigeuner, sondern auch ein Teil der sogenannten unehrlichen Gewerbe - hatten dagegen keine Chance auf Bürgerrechte, ihre Kinder nicht einmal die Möglichkeit einer Lehrstelle, die ihnen den Zugang zu einer der Zünfte geboten hätte. Neben Spielleuten, Kesselflickern und ähnlichen Berufen der Fahrenden zählten auch Totengräber, Abdecker und sogar Schäfer, Müller und Barbiere zu den unehrlichen Gewerben.

In vielen Städten waren Fahrende nicht einmal als Bettler geduldet, sodass sie zum Überleben fast zwangsläufig kriminell werden mussten.

Brot

Paris, 16. Floréal III (5. Mai 1795)

Wachwechsel auf der Gendarmerie in der Rue de la Tixeranderie: Jean-Pierre Chalandon begrüßte seine Ablösung mit düsterem Blick: »Heute Nacht haben wir vier schwangere Frauen aus der Seine gefischt. Nur eine von ihnen konnten wir retten: Claire, die Tochter der alten Weißnäherin Dechamps.«

»Ich weiß«, antwortete Michel. »Ich habe gesehen, wie ihr sie nach Hause gebracht habt.«

»So spät warst du noch wach? Es war doch schon fast vier.«

»So früh war ich schon auf«, erwiderte Michel. »Und ich weiß auch, dass Claire inzwischen ihr Kind bekommen hat. Das kleine Mädchen wiegt keine vier Pfund. Die Hebamme hat wenig Hoffnung, dass es lange lebt.«

»Dieses Elend ist ein Verbrechen«, sagte Jean-Pierre. »Und es wird Tag für Tag noch schlimmer: Ab heute gibt es in unserem Viertel nur noch zwei Unzen Brot für jeden.«

»Doch die Bürger, die es sich leisten können, zehn *Livres* und mehr für ein Pfund Weißbrot zu bezahlen, schwelgen in *Brioches* und *Croissants*,« fauchte Michel. »Aber ich muss nachher wieder vor der Bäckerei von Robillard stehen und verhindern, dass die aufgebrachten Frauen ihm die Tür eintreten.«

»Dabei hätte er wirklich Prügel verdient. Letzte Woche ist er erneut angezeigt worden, weil er minderwertiges Mehl verarbeitet hat. Es schreit zum Himmel, wie dieses Pack sich an den armen Leuten bereichert. Aber Gott ist abgeschafft worden.«

»Und Anzeigen nützen überhaupt nichts!«

Jean-Pierre griff nach seiner Jacke und verließ die Wache. Es war noch dämmrig, aber überall standen die Frauen schon Schlange. Vor vielen Läden würden sie vergeblich warten. Auch an diesem Tag gab es kein Gemüse und keine Butter. Der Wohlfahrtsausschuss des Viertels hatte ihm mitgeteilt, dass wieder kein Lieferant über den Faubourg Saint-Antoine hinaus in die Stadt gelangt war. Die Bürgerinnen der Vororte hatten sie allesamt geplündert.

Er klimperte mit den *Sous* in seiner Jackentasche und lächelte trotz allem, als er unter den blühenden Kastanien die Straße hinunterging. Es war ein Mai-Tag, wie er in Paris nicht schöner sein konnte, und seine Frau hatte Geburtstag. Er wollte sie mit einem guten Stück Fleisch überraschen. Auf dem St.-Katherinen-Markt kannte er einen Metzger, der ihm noch einen Gefallen schuldete, weil er ihn dabei erwischt hatte, dass er rationiertes Fleisch an den Koch eines Papier-Fabrikanten verkauft hatte. Sicher würde er dennoch weit mehr als das zulässige Maximum zahlen müssen, aber das war ihm heute egal.

Vor Robillards Bäckerei in der Rue de la Jussienne stieß Jean-Pierre auf eine aufgeregte Menge. Die Ladentür stand weit offen, aber von Robillard keine Spur. »Bürgerinnen, was ist hier los?«

Die Antwort der Witwe Leclerc war im Stimmengewirr kaum zu verstehen. »... ist in der Backstube«, kam bei Jean-Pierre an.

»Er hängt in der Backstube«, rief Nanette, ihre Nachbarin.

Jean-Pierre lief hinein. Der Bäcker hatte einen Mehlsack über dem Kopf und hing an einem Balken über einem großen Trog, aus dem der inzwischen zu hoch aufgegangene Teig quoll.

Das war Mord. Jean-Pierre starrte entsetzt auf die Szene vor sich und blieb stehen, um keine Spuren zu zerstören. Ein Mord an einem Bäcker hatte gerade noch gefehlt. Unschlüssig, was er nun tun sollte, sah er sich um. Sein Dienst war eigentlich zu Ende und wenn er nicht gleich zum Markt ginge, bekäme er überhaupt kein Fleisch mehr.

Auf dem Holzschieber neben dem Backofen lagen zwanzig ungebackene *Flutes*, auf dem Tisch daneben unzählige rohe *Brioches*. Das Feuer glomm nur noch schwach. Jean-Pierre öffnete die Tür des Backofens: verkohlte *Baguettes*.

Ein Geräusch ließ ihn herumfahren: Unter den Mehlsäcken huschte eine Ratte hervor. Alle Vorsicht vergessend, trat er näher und öffnete einen der Säcke. Es wimmelte von Maden darin. »Buh!« Ekel schüttelte ihn.

Die Frage, was jetzt, klärte sich durch den eintretenden Inspektor Roux: »Guten Morgen, Bürger Chalandon. Hast du schon etwas entdeckt?«

»Nun, der Mord muss zwischen drei und vier Uhr passiert sein. Robillard hatte schon das erste Brot im Ofen, aber keine Gelegenheit mehr, die fertigen *Baguettes* herauszuholen. Und auch der Mörder war dafür zu früh dran.«

»Oder das Brot hat ihn nicht interessiert.«

»Glaubst du wirklich, dass jemand auch nur ein Stück Brot liegen lässt?«

»Nein,« gab der Inspektor zu. »Das kann ich mir eigentlich nicht vorstellen. Aber vielleicht ist er gestört worden.«

Jean-Pierre schüttelte den Kopf: »Um diese Zeit ist normalerweise kein Mensch auf der Straße. Und wenn, dann hätte auch ich ihn gesehen. Es war kurz nach halb vier, als ich

Claire nach Hause brachte. Da bin ich hier vorbeigekommen; und auf dem Rückweg zur Gendarmerie noch einmal.«

Roux zwirbelte seinen Schnurrbart: »Jammerschade! Da hast du den Mörder wohl gerade verpasst.«

»Wenn jemand auf der Straße gewesen wäre, hätte ich ihn sicher ...« Er stockte. Michel! Michel musste auf der Straße gewesen sein. Wieso hatte er ihn nicht gesehen? Und warum hatte Michel ihn nicht angesprochen?

»Was ist? Ist dir doch etwas aufgefallen?«

Nach kurzem Zögern schüttelte Jean-Pierre den Kopf. »Nein, Inspektor. Ich kann dir nicht weiterhelfen. – Und jetzt muss ich geschwind zum Markt. Charlotte hat heute Geburtstag.«

»Na, dann lauf. Gratulier ihr von mir und macht euch einen schönen Tag.«

Aber Jean-Pierre ging trotz aller Eile nicht direkt zum Markt, sondern zurück zur Wache. Er wollte mit Michel sprechen. Auf der Gendarmerie erfuhr er jedoch, dass der Sitzungssaal des Wohlfahrtsausschusses von rebellierenden Hausfrauen belagert wurde und Michel mit einigen Kollegen zum Schutz der Komitee-Mitglieder befohlen worden war.

Sein Marktbesuch war dagegen ein voller Erfolg. Jean-Pierre bekam für seine Ersparnisse nicht nur ein großes Stück Lammschulter, sondern erstand auch noch eine Flasche guten Rotwein und sogar zwei Eier. Damit würde nicht nur das Abendessen ein Fest, sondern auch das nächste Frühstück war gesichert. Nachdem er seine Schätze zu Hause deponiert hatte, mochte er nicht untätig herumsitzen, bis Charlotte heimkehrte. Er musste mit Michel reden.

Vor dem Sitz des Wohlfahrtsausschusses hatten sich nicht nur die Hausfrauen des Viertels versammelt, sondern auch einige Bürger. »Brot und die Verfassung von 1793«, hörte Jean-Pierre sie schon von weitem rufen. Die Menge stand dicht gedrängt auf dem Platz vor der Einfahrt des Gebäudes; mit gezogenen Pistolen ihr zugewandt Michel und die anderen Gendarmen.

»Die Kommissäre haben das Mehl für unsere Kinder gestohlen«, schrieen die Frauen den Polizisten zu. Zornig schwenkten sie Pfannen und Nudelhölzer. »Im Namen des souveränen Volkes und des Gesetzes: Es ist eure Pflicht, sie in Arrest zu nehmen.«

»Wir haben euch nicht betrogen«, erklang eine Stimme aus dem ersten Stock. Ein Mitglied des Ausschusses hatte sich ans offene Fenster gewagt: »Ihr habt uns gewählt. Ihr habt hier nichts zu befehlen. Das ist Aufstand!«

»Jawohl, das ist Aufstand«, entgegnete ein junges Mädchen in der ersten Reihe, die Plätterin Josephine Rouillière. »Ihr seid abgesetzt. Wir wählen auf der Stelle andere.« Sie drehte sich um; ihr Blick ging über die Menge, suchte die wenigen anwesenden Männer. »Bürger Moreau! – Bürger Duplessis! – Bürger Grimond! – Bürger Fielval!« – Jean-Pierre wünschte sich, unsichtbar zu werden, als ihr Blick in seine Richtung ging. – »Bürger Chalandon, wunderbar!« Sie strahlte ihn an. »Ich schlage vor, euch als Mitglieder des Wohlfahrtsausschusses zu wählen!«

Angesichts der zustimmenden Rufe drängte sich Moreau nach vorne und ergriff das Wort. »Bürgerinnen, wir danken euch für das Vertrauen.« Er nickte Jean-Pierre und den drei anderen neu gewählten Kommissären zu. Dann wandte er sich an die Gendarmen: »Ihr habt gehört. Steckt die Pistolen ein und kommt mit! Der Ausschuss wird festgenommen.«

Nach einem Blick auf Jean-Pierre steckte Michel die Waffe ein; die anderen folgten seinem Beispiel. Sie hatten die Wahl anerkannt: Die Konfrontation zwischen Volk und Gendarmen war vorüber.

In diesem Augenblick bog ein Trupp Soldaten in die Straße, angeführt von vier Abgeordneten des Nationalkonvents.

»Hilfe!«, ertönte es bei ihrem Anblick aus dem ersten Stock.

»Halt!«, rief Jean-Pierre den Soldaten zu. »Wir brauchen eure Hilfe nicht. Es ist alles geregelt.«

Aber im nächsten Moment knallte es hinter ihm. Aus dem ersten Stock war geschossen worden!

Die Frauen drückten mit zornigen Rufen das Tor zur Einfahrt auf; jetzt waren sie nicht mehr aufzuhalten. Als die Gendarmen zur Seite wichen, sah Jean-Pierre, dass einer von ihnen Michel stützte. Er lief auf sie zu.

Unterhalb von Michels linker Schulter breitete sich schnell ein Blutfleck aus. Er lehnte sich ächzend gegen die Hauswand und presste seine rechte Hand auf die Wunde. »Bürger Chalandon!« Ein Hauch von Spott lag in seiner Stimme. »Was machst du denn hier? Solltest du nicht jetzt mit Charlotte feiern?«

»Ich wollte dir eine Frage stellen.« Jean-Pierre kaute einen Moment auf seiner Unterlippe. Dann trat er dicht an Michel heran und flüsterte: »Du, was hattest du heute so früh in der Rue de la Jussienne zu suchen? – Du hast uns doch gesehen, als wir bei Robillard vorbeigingen, nicht wahr?«

Michels bleiches Gesicht wurde noch blasser. Dann nickte er. »Da habe ich heute morgen wieder einmal zu viel geredet. Aber jetzt ist das auch egal.«

»Es ist egal«, bestätigte Jean-Pierre leise, als Michel bewusstlos zusammensackte. »Außer mir hat es niemand gehört.«

Zwei Tage später starb Michel im Hospiz.

∗∗∗

Historische Notizen:

Im revolutionären Frankreich galt ab 1792 die christliche Zeitrechnung nicht mehr. Das 1790 eingeführte Dezimalsys-

tem wurde auch auf den republikanischen Kalender angewandt. Das Jahr hatte 12 Monate zu 30 Tagen, die Woche 10 durchnummerierte Tage. Zur Angleichung an das »tropische Jahr« wurden zum Ende eines Jahres jeweils fünf bis sechs weitere Tage eingeschoben.

Die Monatsnamen orientierten sich entweder am französischen Klima oder bäuerlichen Tätigkeiten, die Tage wurden statt nach den christlichen Heiligen nach Pflanzen, Tieren und Gerätschaften benannt.

Der republikanische Kalender war bis 1806 in Gebrauch sowie zwei Wochen während der Commune von Paris 1871. Er trat am 15. Vendémiaire (Erntemonat) des Jahres II (6. Oktober 1793) in Kraft, noch bevor alle Bezeichnungen endgültig waren. Die Zeitrechnung begann aber schon mit dem 1. Vendémiaire des Jahres I (22. September 1792), dem Tag der Ausrufung der Republik als erstem Tag der neuen Ära.

1 Unze entsprach 30 g. Brot war das Hauptnahrungsmittel der einfachen Bevölkerung. Darum konnten sich an Brotpreisen Aufstände entzünden.

Livre: Rechnungseinheit, die es in zwei verschiedenen Größenordnungen gab: dem Livre tournois und dem Livre parisis. Die Münzen des Ancien Régime beruhten auf dem Livre tournois. Den Livre selber gab es bis zur Französischen Revolution aber nie als Münze. Im August 1795 wurde er durch den Franc ersetzt.

Die Mühlen der Justiz

Luzern, 1824

Michael Corragioni, der Luzerner Stadtarzt, knallte dem Schultheiß eine schmale Akte auf den Sekretär. »Hier habt Ihr Eure Leiche, Herr Am Rhyn. Erwürgt. Der Mann war schon tot, als er in die Reuss fiel.«

»Ach, haben wir es diesmal akkurat?« Karl Am Rhyn sah nicht auf, sondern schnitzte konzentriert an seiner Schreibfeder weiter. Dieser Bericht konnte warten; der tote Landstreicher hatte keine Eile mehr.

»Worauf wollt Ihr hinaus?« Corragioni hob die Augenbrauen.

»Über den Schultheiß Keller konntet Ihr weiland keine Feststellung treffen.« Am Rhyn beobachtete Corragioni aus den Augenwinkeln, während er fortfuhr. »Und gerade jetzt bekommen die Gerüchte neue Nahrung, mein Vorgänger sei nicht versehentlich in der Reuss ertrunken.«

Corragioni zuckte die Achseln. »Die tauchen mit jedem Toten auf, den wir rausfischen.« Er schien auf eine Entgegnung zu warten, aber Am Rhyn legte die Feder weg und begann in der Akte zu blättern. Er hatte nicht die Absicht, seine Bemerkung näher zu erklären.

»Pfaffenbrut!«, murmelte er, als der Stadtarzt gegangen war. Dann rief er nach seinem Sohn, der ihm als Assistent diente. »Toni, hat der Amtmann von Glarus inzwischen nähere Auskünfte über diese Diebin geschickt?«

»Man schickt uns keine Auskünfte weiter, sondern die Weibsperson selber zur Einvernahme, und ihren Bruder auch. Es ist alles sehr dubios: Die Angaben, die dieses Mensch zu den Umständen der Tat gemacht hat, passen nicht zu dem, was wir dem Amtmann mitgeteilt haben.«

Sobald Clara Wendel im Gefängnis zu Luzern eingetroffen war, ließ der Schultheiß sie zum Verhör bringen. Er erwartete sie in einem ungeheizten Raum im Souterrain des Gerichtsgebäudes.

Der Landjäger führte ihm eine junge Frau in kurzärmeligem Trachtenkleid vor. Die braunen Augen hatten trotz der langen Haftzeit ihren Glanz behalten. Auch war das schwarze Haar sorgfältig zu einem langen Zopf geflochten. Nur eine aufgesprungene Lippe und ein bläulichgelber Bluterguss unter dem rechten Auge beeinträchtigten das ebenmäßige Gesicht.

»Sie hat gelogen«, fuhr Am Rhyn sie ohne Umschweife an. »Selbst der Dümmste fischt nicht des Nachts im Regen.«

Clara senkte den Blick. »Ich hab' getreulich berichtet, was ich selber gehört habe über jenen Vorfall.«

»Sie hat angegeben, sie wäre damals dabei gewesen.«

»Aber ich kann mich nicht mehr recht erinnern. Was unterscheidet denn ein Kind, was es selbst erlebt und was ihm erzählt wird.«

»So kann es auch nicht unterscheiden, ob es wahr oder gelogen ist«, bemerkte der Schultheiß. Er erhob sich und ging um seinen Tisch herum. Dicht vor ihr blieb er stehen.

Clara wich seinem Blick aus und presste die Hände ineinander.

»Nun?«

»Hätt' ich meinen eigenen Bruder angegeben, wenn's nicht wahr wäre?«

»So erzähl Sie mir doch einmal, wie es richtig war.«

»Ich hab' schon alles gesagt, auf anderes kann ich mich nicht besinnen.«

»Dann werden wir Ihrer Erinnerung aufhelfen.« Der Schultheiß winkte dem Wachmann und dieser trat mit erhobenem Knüppel näher.

Clara schrie auf und hob die Arme vors Gesicht. »Schlag Er mich nicht; ich sage ja, was ich weiß.«

Am Rhyn wandte sich zur Seite, griff nach seiner Pfeife, stopfte sie bedächtig und zündete sie an. Der Wachmann zog Clara den Knüppel zwei Mal über den Rücken. Sie wimmerte und fiel auf die Knie.

»Tu Sie den Mund auf; dann hat Sie Ruh«, sagte der Schultheiß, ohne sie anzusehen.

»Mich friert«, flüsterte sie. Sie hockte sich auf den steinernen Fußboden und schlang die Arme um die Knie.

»Welche Ihrer Angaben sind gelogen?«, fragte Am Rhyn. »Denn gelogen hat Sie.«

Der Wachmann hob erneut seinen Knüppel; Clara sah aus den Augenwinkeln zu ihm hoch und begann zu zittern. »Ich mein, da gab es einen Schneider, einen gewissen Joseph oder Aloys Meyer, der hat einen Groll wider den Schultheißen gehabt. Der Hansi war schon auf mehrere Tage in der Gegend und hat ausbaldowert. Ich mein, er wusste, worauf er wartet. Am nämlichen Tage bin ich mit der Mutter nach Littauen gegangen, wo wir ein Feuer gelegt haben. Danach sind wir zurück; der Hansi hatte auf uns gewartet und wir sind weiter. Und dann ist das eben passiert, wie ich's berichtet hab.«

Am Rhyn legte die Pfeife beiseite, um ihre Reaktionen zu beobachten. »Was kommt Sie jetzt mit einem Schneider?« Das war eine Wendung, die ihm sehr gefiel. Sie mochte zu ganz neuen Erkenntnissen führen.

»Ich mein, der Hansi hat einen Anstifter gehabt. Was soll mein Bruder denn mit dem Schultheiß haben?

»Was soll der Schneider mit dem Schultheiß haben?«

Clara zuckte die Achseln und lächelte Am Rhyn ins Gesicht. »Ich mein ja bloß.«

»So hat Sie sich das erfunden!« Er trat so dicht auf sie zu, dass ihr sein Gehrock ins Gesicht schlug. »Wen deckt Sie?«

»Ich hab alles angegeben, was ich weiß.« Sie senkte den Kopf. Er verstand kaum, was sie murmelte. »Ich hab's mir halt denkt. Einen Grund wird er doch gehabt haben, der Schneider.«

»Eben!« Am Rhyn beugte sich vertraulich zu ihr herab. »Hatte der vielleicht auch einen Anstifter? Hast du einmal was gehört, dass du das meinen könntest?«

»Ich weiß nicht. Ich muss mich über diese Sache erst näher besinnen.«

»So besinne dich.« Der Schultheiß ließ sie mit dem Wachmann allein.

Zum Abend war Am Rhyn von der Schwiegertochter zum Essen eingeladen. Er bemerkte kaum, was er aß und wartete nur darauf, sich mit seinem Sohn in die Bibliothek zurückzuziehen.

»Das Weib redet, was ihr in den Sinn kommt, aber dazwischen verrät sie manches doch.«

Toni warf ihm einen erwartungsvollen Blick zu, während er den Cognac und zwei bauchige Gläser aus einer Vitrine nahm.

Am Rhyn nahm ihm ein Glas ab und ließ sich einschenken. Er schnupperte am Cognac und lächelte. »Ich bin sicher, wir sind einem Komplott auf der Spur. Endlich werden wir erfahren, wie der Keller zu Tode kam.«

»Er ist ertrunken! Wir haben nie auch nur ein Indiz gefunden, dass an den Gerüchten etwas wahr sein könnte.«

»Und doch war es Mord!« Am Rhyn stellte sein Glas so heftig auf den Tisch, dass der Cognac überschwappte. »Keller stand von Anfang an auf der Seite Napoleons und wehrte sich beharrlich dagegen, dass die Mediationsakte durch eine konservative Verfassung ersetzt würde. Er war unser Bollwerk gegen die Ultramontanen.« Am Rhyn stopfte mit heftigen Bewegungen seine Pfeife. »Du hast nicht erlebt, wie Corragioni und der päpstliche Nuntius geiferten, wenn er die Restauration durch den Wiener Kongress verdammte.«

»Aber Kellers Tod brauchten sie deswegen noch lange nicht. Schau dir nur an, wie weit wir heute von einem Bundesstaat entfernt sind.«

»Warum hat der Papst den Nuntius so plötzlich zur Römischen Kurie abberufen? Er hat doch Testaferratas konservative Kirchenpolitik unterstützt.«

»Als Testaferrata abberufen wurde, hat Keller aber noch gelebt.«

»Na und? Die Pfaffen haben lange Arme.« Am Rhyn schüttelte den Kopf. »Was bist du naiv.« Konnte sein Sohn nicht mal zwei und zwei zusammenzählen?

»Nein, Vater. Ich glaube, du verrennst dich da in etwas, womit du dir am Ende nur selber schadest. Was willst du mit den Angaben einer Diebin, die zu Zeiten von Kellers Tod noch ein Kind war? Wenn du dich irrst, bekommen die Ultramontanen erst recht Oberwasser.«

»Ich irre mich nicht.” Am Rhyn erhob sich. »Wir brauchen nicht weiter zu reden. Du wirst schon sehen.«

Clara war bleich, als sie am nächsten Morgen wieder vorgeführt wurde. Ihre blutverkrustete Haube bedeckte nur halb eine frische Platzwunde am Haaransatz.

»Was hat Sie zum Tode Kellers inzwischen anzuzeigen? Sprech Sie nur frei heraus und schone niemanden.«

»Soll ich den Hergang noch einmal aufsagen?«

»Aber nein; da ist das eine oder andere Detail nicht von Bedeutung.« Am Rhyn stand auf und schob Clara ans Fenster. Er legte den Arm um sie und wies auf das Patrizierhaus an der Reuss-Brücke, neben dem sich die beiden Zwiebeltürme der Jesuiten-Kirche im Wasser spiegelten. »Weißt du, wer dort wohnt? Hast du schon mal von jemandem gehört, der mit den Bewohnern zu tun hatte?«

Sie blickte vom Haus zur Kirche und wieder zurück. Dann schüttelte sie den Kopf. »Das sind feine Leute. Solche kenne ich nicht.«

»Dort ist vor acht Jahren eingebrochen worden.«

»Ich war gewiss nicht dabei. Aber für die meinigen leg ich nicht die Hände ins Feuer. Vielleicht fällt mir etwas ein, wenn der Herr Schultheiß mir sagt, was gestohlen wurde.«

»Hast du vielleicht einmal gehört, dass einer entdeckt wurde beim Einbruch und doch nicht angezeigt?« Er beobachtete sie aus den Augenwinkeln.

»Ja freilich ... Aber das kostet immer was.«

»Ist das deinem Bruder auch passiert?«

»Dem Hansi nicht, aber dem Sepp, was mein Schwestermann ist.«

»Was weißt du davon?«

»Das ist ein braver Kerl, der Sepp.«

Am Rhyn zog die Mundwinkel herab.

»Doch, doch«, beteuerte Clara schnell. »Vom Militär, wo er ein gutes Auskommen hatte, hat er seinen Abschied genommen, weil er den Kindern ein Vater sein wollte. Und klug ist er; der hat die halbe Welt gesehen.« Sie blickte auf den Fluss, zerrte an ihrem Zopf. Dann sah sie Am Rhyn mit wachsamen Augen an. »Ich mein, wenn einer wo einbricht und der Hausherr entdeckt ihn und lässt ihn laufen, dann ist das doch kein Verbrechen gewesen?«

»Sofern einer nicht verklagt wird, kann man ihn nicht richten. Also erzähl.«

»Mehr kann ich dazu nicht sagen. Ich weiß es auch nur von der Barbara. Ganz verjagt sei er zurückgekommen, hat die Schwester gesagt.« Clara lehnte den Kopf gegen das Fenster und schloss die Augen. »Einen Hunger hab ich.«

»Das wird Sie gewohnt sein. Erzähl sie, was Sie gehört hat.«

Sie sank auf den Boden. »Mir ist ganz elend.«

Der Schultheiß ließ sich nicht beeindrucken. »Wenn Ihr wieder etwas eingefallen ist, so reden wir weiter.« Er wandte sich zur Tür. »Mahlzeit«, grüßte er den Wachmann im Hinausgehen.

Am Rhyn stürmte ins Büro seines Sohnes. »Die Weibsperson hat das Haus erkannt!« Er strahlte Toni an. »Ihr Schwager ist von Corragioni überrascht worden. Aber der hat ihn laufen lassen. Ich erinnere mich noch genau an den Vorfall: Der Stadtarzt hat kurz vor Kellers Tod einen Einbruch angezeigt, konnte aber nichts angeben, was gestohlen wäre.«

Toni steckte seine Feder ins Tintenfass zurück, faltete die Hände und stützte den Kopf auf. Er musterte seinen Vater und sagte kein Wort.

Am Rhyn ließ sich in einen Sessel fallen. »Die Schlinge zieht sich zusammen. Pfaffenbrut, elende.«

»Hat die Wendel das ausgesagt?«

»Zugegeben hat sie, dass ihr Schwager, der Twerenhold, einmal gerade noch davon gekommen ist. Aber sie hat Angst, man könnte es ihm heute noch vorwerfen. Da ist sie nicht rausgerückt mit der Sprache.«

Toni stand vom Schreibtisch auf und setzte sich in den Sessel ihm gegenüber. »Vater, du verrennst dich! Twerenhold ist erst 1820 aus den Niederlanden zurückgekommen.«

»Dann hat er eben einen Urlaub gut genutzt und nicht nur zum Kopulieren.« Am Rhyn lachte dröhnend über seinen Witz. »Jedenfalls, nach dem Einbruch hatte der Stadtarzt ihn in der Hand; das ist ganz klar.«

Toni seufzte. »Du hast keinen Beweis; für nichts. Nicht einmal eine richtige Aussage von dieser Person. Und mit ihrem schlechten Leumund ist sie kein gültiger Zeuge, schon gar nicht für sich allein.«

»Die Zeugen werden sich finden, wenn sie erst alles angegeben hat, was sie weiß. Ihren Bruder haben wir schon; den Schwager kriegen wir noch. Und den Schneider werde ich auch vorladen. Der ist ganz unbescholten; so hat seine Aussage Gewicht.«

»Hat sie den Schneider nicht als Anstifter angezeigt?«

»Man darf dieser Person nicht so viel glauben«, brummte Am Rhyn. Er ärgerte sich über Tonis endlose Einwände. »Ich hab' schon immer gedacht, dass der Corragioni dahintersteckt; jetzt kann ich es endlich beweisen. Der kommt mir nicht mehr aus!«

Das nächste Verhör ließ der Schultheiß mit Prügel beginnen. Als Clara nur noch wimmerte, griff er ihr in den Zopf und zerrte sie wieder ans Fenster. »Langsam ist es zu Ende mit meiner Geduld. So geb Sie zu, was Sie zu dem Einbruch da drüben zu sagen weiß.«

»Ich war nicht dabei.«

»Vor zwei Tagen hat Sie ausgesagt, Sie war mit ihrer Mutter in der Gegend auf Diebstour. Und der Bruder hat schon gewartet. Wo sind der Schwager und die Schwester in der Zeit gewesen?«

»Der Sepp war nicht da!«

»Hat er mal den Namen Corragioni genannt? Weiß Sie, wer das ist?«

»Ja, das ist der Stadtarzt. Die Landjäger haben die Barbara damals vorgeführt.«

»Sie weiß also doch, wer dort drüben wohnt!«

»Ich war nicht dabei!«

»So will Sie heute wieder alles abstreiten? Hat Sie noch nicht genug?«

Der Wachmann verstand die Frage als Anweisung und schlug erneut zu. Clara wurde von der Wucht des Schlags gegen die Wand geworfen; sie heulte auf und schlug die Hände vors Gesicht.

»Also? Mit wem hat sich der Sepp über den Stadtarzt ausgelassen?«

»Er hat mal zum Hansi gesagt, das sei ein Herr. Nicht so wie die anderen, die die Barmherzigkeit Gottes bloß auf den Lippen tragen.«

»Was sollte das heißen?«

»Ich weiß nicht.« Der nächste Schlag ließ ihre Platzwunde wieder bluten. »Ich mein, er war ihm wohl dankbar.«

»Und dafür mochte sich der Schwager gefällig zeigen? Und hat den Bruder gleich mit eingespannt? So meint Sie das, nicht wahr?«

Clara machte eine Kopfbewegung, die Am Rhyn als Nicken deutete.

»Und dann hat der Hansi den Keller in die Reuss gestoßen. Das war doch der Bruder, der sich dazu anstiften ließ. Das hat Sie doch ausgesagt, nicht wahr?« Er zerrte sie hoch und stieß sie gegen das Fenster.

Clara schwieg.

»Hat Sie den Bruder angegeben oder nicht?«

»Ja schon, aber …«

»… aber es war der Twerenhold? Hat sie ihren Bruder bloß angegeben, weil der eh gehängt wird?

»Nein! Der Schwager hat niemanden umgebracht.«

Der Schultheiß ließ sie stehen und suchte den Amtmann auf.

»Lasst den Corragioni festsetzen. Sofort. Die Wendel hat gestanden, dass er ihren Schwager zum Mord an Keller erpresst hat.« Vom Laufen erschöpft ließ sich Am Rhyn in einen Sessel fallen.

»Die Aussage einer Diebin zählt nicht. Karl, darauf kann ich nicht ein angesehenes Mitglied der Tagsatzung festnehmen lassen.« Der Amtmann schüttelte den Kopf über den Eifer des Schultheiß'.

»Wir brauchen auch das Geständnis der Täter; das weiß ich wohl. Das wird sich schon finden. Wir haben den Bruder ja.«

»Dann kommt wieder, wenn Ihr das Geständnis habt.«

Am Rhyn sprang auf; sein Gesicht lief rot an. »Aber der Corragioni macht sich aus dem Staub wie damals der Nuntius, wenn er merkt, dass wir ihm auf der Spur sind.«

»Wie kommt Ihr jetzt auf den?«

»Als der neue Papst die Jesuiten wieder zugelassen hat, wollte Testafarrata sie nach Luzern zurückzuholen. Keller hat es damals verhindert.«

»Und dabei ist es auch geblieben. Es hatte also niemand einen Vorteil von seinem Tod.«

»Das weiß vorher doch keiner. Seid nicht so starrköpfig!«; brüllte Am Rhyn. »Lasst Corragioni festsetzen, bevor es zu spät ist.«

Der Amtmann sah ihn gleichmütig an. »Bringt mir das Geständnis des Mörders. Dann könnt Ihr ihn haben.«

***

Historische Notiz:

Nach den Befreiungskriegen wurde Europa auf dem Wiener Kongress 1814/1815 neu geordnet. Für die Schweiz folgte daraus eine jahrzehntelange Auseinandersetzung um die politische Verfasstheit: Die konservativen Kräfte wollten zu den Verhältnissen vor der Revolution von 1798 zurück, während sich die liberalen an der Mediationsakte von Napoleon orientierten, der das nationale Parlament und die Zentralregierung abgeschafft und den größten Teil der Macht in die Kantone verlagert hatte. Auch die Wiederzulassung der Jesuiten spielte in dieser Gemengelage eine Roll, zumal sie eine Bedeutung für das Schulwesen hatten.

Vor diesem Hintergrund hielten sich hartnäckig Gerüchte, der liberal-demokratische Schultheiß Keller sei ermordet worden: Er war 1816 in der Reuss ertrunken. Die Aussagen seiner Töchter wie alle anderen Umstände sprachen zwar für einen Unfall. Acht Jahre später bekamen die Gerüchte aber neue Nahrung durch die Aussagen einer jungen Landfahrerin.

Der katholische Sanitätsrat Michael Leodegar Corragioni d'Orelli, zu jener Zeit Mitglied des großen Raths und des kleine Raths des Kantons Lucern, wurde 1826 der Anstiftung zum Mord am Schultheiß Franz Xaver Keller angeklagt und gemeinsam mit der Landfahrersippe der Clara Wendel vor Gericht gestellt.

Er wurde freigesprochen. Die unter der Folter erpressten Geständnisse der Landfahrer galten für einmal weniger als politische Erwägungen.

Auch Clara Wendel überlebte den Prozess, während andere aus ihrer Sippe hingerichtet wurden.

Über die Autorin:

Annemarie Nikolaus, gebürtige Hessin, hat zwanzig Jahre in Norditalien gelebt. 2010 ist sie mit ihrer Tochter in die Auvergne in Frankreich gezogen.

Sie hat Psychologie, Publizistik, Politik und Geschichte studiert und war u.a. als Psychotherapeutin, Politikberaterin, Journalistin, Lektorin und Übersetzerin tätig.

Anfang 2001 hat sie sich dem literarischen Schreiben zugewandt. Mit besonderer Vorliebe schreibt sie historische und phantastische Romane.

2005 ist ein erster Roman erschienen; 2011 hat sie begonnen, verlagsunabhängig zu veröffentlichen. Seit Anfang 2016 werden ihre Bücher auch in andere Sprachen übersetzt.

Sie können ihre Arbeit über Patreon unterstützen:
www.patreon.com/AnnemarieNikolaus

Blog: http://annes-werke.blogspot.fr/
Facebook: http://on.fb.me/JLAN6J
Twitter: http://twitter.com/AnneNikolaus

Flirt mit einem Star. Liebesroman. Reihe *»Quick, quick, slow – Tanzclub Lietzensee«*. ISBN 9782493398109

Zurück aufs Parkett. Eheroman. Reihe *»Quick, quick, slow – Tanzclub Lietzensee«*. ISBN 9782493398116

Ustica. Ein Mini-Thriller. ISBN 9782902412556

Tot. Krimi-Kurzgeschichten. ISBN 9782902412587

Leuchtende Hoffnung – Adventskalender. Bebilderter Science Fiction-Roman. ISBN 9782902412563

Sachbücher:

Aquitanien: Das Ende eines Krieges. Reihe *»Am Rande des Weges ...«* ISBN 9782902412570

Suche Reisebegleitung. Reihe »Fliegende Blätter« ISBN 9781499608427.

Junge Welten. Reihe *»Fliegende Blätter«* ISBN 978500971991

www.ingramcontent.com/pod-product-compliance
Lightning Source LLC
Chambersburg PA
CBHW020122310726
48970CB00002B/754